Ai

La co
a une maladie grave

Dominique de Saint Mars

Serge Bloch

*Avec la collaboration
de Renaud de Saint Mars*

L'auteur remercie pour leurs témoignages et leurs conseils :
Adrien, Alexandre, ses copains et copines du CM1,
Louise, Guillaume, Abdou, Camille, Mélanie,
Odile Oberlin, pédiatre, et toute l'équipe de l'institut Gustave
Roussy de Villejuif.
Nicole Alby, psychologue, Françoise May-Levin, médecin,
et Cécile Bertin de la Ligue Nationale Contre le Cancer,
Sylvie Couturier, institutrice à St-Pierre-les-Nemours,
Christina Tézenas du Montcel, de l'association L'Envol,
Marceline Gabel, Véronique Alexandre, Valérie de Rougé,
Jean-Pierre Billois, instituteur à St-Jacut-de-la-mer,
Catherine Vergely, de l'association des Parents, des Enfants
de l'I.G.R.,
les institutrices à l'hôpital, de l'Éducation Nationale,
Christine Duthoit, de l'association Choisir l'Espoir,
Christine Géricot, de l'atelier d'arts plastiques à l'I.G.R.,
Marie-Christine Bois, de la maison des Parents Ronald McDonald,
Les Dames en Rose et les Berceurs, de l'association A.H.L.,
les clowns de l'association Le Rire Médecin.
Et tous les autres enfants et parents rencontrés...

Série dirigée par Dominique de Saint Mars

© Calligram 2003
Tous droits réservés pour tous pays
Imprimé en Italie
ISBN : 2-88480-047-6

Lili ! Tu sais, ta copine Zigzou... Léo, son frère qui est dans ma classe, m'a dit... mais c'est archi-secret !
Quoi ? On parlait justement d'elle... !
Euh, c'est très grave ! Tu sais, elle pourrait en mourir !
Mais comment on le sait ? Et où est-elle ? Ah, c'est pour ça... elle devait être fatiguée. Et moi qui l'a bousculait !
Attention, ce que dit son frère est peut-être exagéré ! Tu as d'autres détails, Max ?
Non... et je ne sais pas si elle est encore chez elle.

— Maman, ça se voit que c'est grave ! Tu crois... snif... qu'elle peut... snif... quand même guérir ? ? ?

— Même si c'est grave, elle va sûrement être très bien soignée ! Ne t'en fais pas trop, ma puce.

J'ai osé m'avouer pour la première fois que j'avais toujours été jalouse de Zigzou parce que Clara l'aimait bien aussi...

— Ça ne sert à rien, Lili, il vaut mieux dormir, tu sais !

— Pourquoi elle et pas moi ? Dire que je la traitais de limace, et que je la croyais paresseuse !

* Mail : message écrit sur l'ordinateur, envoyé par internet.

La chambre de Zigzou, c'est par là.
ZIG-ZOU ! !
Ah ! C'est vous ! Enfin ! ! ! Je vous attendais tellement.

* Chimiothérapie : traitement d'une maladie par des médicaments chimiques.

Et tes parents, ils viennent souvent ?
Oui, mais j'ai envie qu'ils soient tout le temps là. Pourtant, ça m'ennuie de les inquiéter. L'autre soir, quand mon père est parti, j'ai vu une larme dans ses yeux...
Pas drôle pour toi non plus !
Ça les rend nerveux, ils se disputent même. Bien sûr, à l'hôpital, on a tous un peu peur de mourir ! Mais j'ai de la chance dans ma malchance... je suis bien soignée, je suis sûre que je vais guérir !
Nous aussi ! Et on va tous se battre avec toi !

* Chambre stérile : chambre dans laquelle on empêche les microbes d'entrer pour ne pas attraper de maladies.

* numération : on fait le calcul des cellules du sang, pour savoir si les médicaments n'ont pas détruit trop de bonnes cellules.

Quand on est revenus, notre maîtresse expliquait à celle de l'hôpital où on en était à l'école et maman et la mère de Zigzou bavardaient en marchant et en se tenant par le bras comme de vieilles copines. On s'est regardées avec Zigzou, ça nous a fait chaud au cœur. Et puis ça a été l'heure de partir...

Tiens, voilà Jimmy, c'est lui qui vient nous lire des histoires le soir. Il a eu un cancer quand il était petit...

Et il revient pour vous, c'est super !

L'hôpital a besoin de vous...
Donnez votre sang !
D'ailleurs, nous... on devrait donner notre sang... ? Je vais en parler aux autres parents !

En tous cas, j ai discuté avec sa mère et j'ai demandé à Zigzou. Elle est d'accord pour qu'on explique sa maladie à la classe et dans l'école.
Ça fait triste de la laisser toute seule là-dedans... !
H

Et la vie a continué comme ça jusqu'au jour où Zigzou est revenue à l'école. Elle était fatiguée et changée, elle avait peur qu'on la regarde et qu'on se moque d'elle avec son foulard.

— Tu es sûre que je ne suis pas trop moche comme ça ?
— Je t'assure que non. Ça te donne un petit air branché.

— C'est mignon, le ruban tressé que j'ai mis au-dessus, non ?
— Oui, t'as toujours des super idées !

— On dirait qu'on t'a enlevé tes cheveux ! Quand est-ce qu'on va te les remettre ?

C'est ce qui s'est passé, quelques jours plus tard. Elle était fatiguée et elle a vomi dans le lavabo du couloir. On a tous eu peur. On ne savait pas comment l'aider. Sa mère est venue tout de suite et l'a emmenée à l'hôpital, toute pâle...

Zigzou a dû rester à l'hôpital. Ses globules blancs étaient trop bas. Elle a attrapé une infection et de la fièvre. On lui a donné des antibiotiques. Elle était mieux. Et la boule diminuait grâce à la chimio. Avec la maîtresse, on lui a fait une cassette vidéo... Et puis elle est revenue, on jouait, on travaillait, même si parfois on avait la tête ailleurs.

Qu'est-ce qu'on fait ? On joue au docteur ?

AH NON !

Zigzou, on se tait !

Ah, être traitée comme tout le monde, c'est bon !

Un jour, j'ai été au supermarché avec elle. Et elle avait décidé de ne pas mettre le foulard parce que ça lui donnait chaud à la tête. Moi, j'étais habituée mais les gens la regardaient comme une bête curieuse. Il faut dire qu'on faisait tout pour ça.

Les semaines et les mois ont passé, elle venait de plus en plus à l'école. Un jour, elle a annoncé qu'on allait lui enlever son cathéther : c'était la fin des chimios, adieu la maladie ! Elle était en rémission ! La rémission, c'est comme la guérison mais il faut encore surveiller un peu, pendant un an et demi.

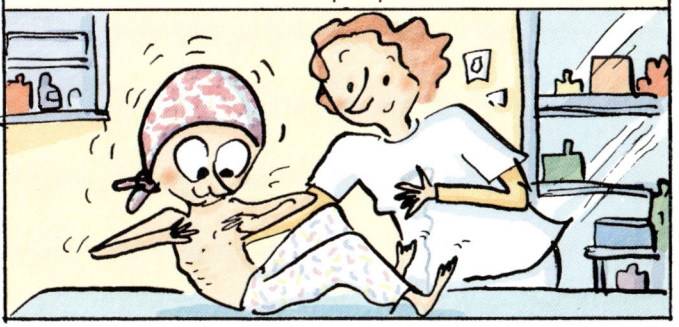

Et puis, au milieu de la cour, tout le monde était autour d'elle, Zigzou a enlevé son foulard, en a fait une boule et l'a jeté en l'air.

Félix l'a rattrapé le premier et l'a mis à son cou. Elle avait de jolis cheveux tout neufs. Elle ressemblait à un garçon très mignon !

Et toi...
Est-ce qu'il t'est arrivé la même histoire qu'à Lili ?

Si tu ne connais personne qui a eu un cancer...

En as-tu déjà entendu parler ? par tes parents ? à la télévision ? dans les journaux ? Est-ce que ça te fait peur ?

Sais-tu ce que c'est comme maladie ? Comprends-tu un peu comment le corps fonctionne ? Es-tu déjà allé à l'hôpital ?

Penses-tu que c'est important d'être entouré d'amitié et d'amour quand on est malade et que ça aide à guérir ?

... OU UNE MALADIE GRAVE ?

Trouves-tu injuste que des gens soient malades alors qu'ils sont gentils ? Crois-tu aux progrès de la science ?

Aurais-tu envie plus tard de faire de la recherche médicale ou d'être infirmier ou médecin pour guérir les autres ?

Quelqu'un que tu aimais est-il mort ? Penses-tu souvent à lui ? Ça te rend triste ou penses-tu aux bons moments ?

SI TU CONNAIS QUELQU'UN QUI A UN CANCER...

Ça t'est arrivé à toi ? Ça a été dur ? As-tu peur d'en parler ?
D'être regardé ? De ne pas guérir ? Es-tu déjà guéri ?

Est-ce ton frère, ta sœur ? Tes parents pensent moins à toi ?
Le dis-tu ou as-tu peur de leur faire encore plus de peine ?

Sais-tu quoi dire ? Penses-tu que c'est arrivé à cause de toi ?
As-tu honte d'être heureux ou peur d'être aussi malade ?